SE
VENDEN
GORRAS

SE VENDEN GORRAS

*La historia de un vendedor ambulante,
unos monos y sus travesuras*

Relatado e ilustrado por
Esphyr Slobodkina
Traducido por Teresa Mlawer

HarperCollins*Publishers*

Para Rosalind y Emmy Jean,
y para su abuelo, quien
disfrutaba leyéndoles

Había una vez un vendedor ambulante que vendía gorras. No era un vendedor típico, de ésos que llevan la mercancía a cuestas. Por el contrario, él la llevaba sobre la cabeza.

Primero, se colocaba su gorra de cuadros. A continuación, varias gorras grises, sobre éstas, unas de color marrón, encima unas gorras azules y, por último, las rojas.

Recorría las calles de arriba abajo, muy erguido para evitar que se le cayeran las gorras.

A su paso pregonaba:
—¡Gorras! ¡Se venden gorras!
¡Cincuenta centavos cada gorra!

Una mañana, no pudo vender ni una sola gorra. Caminó de un lado a otro de la calle pregonando:

—¡Gorras! ¡Se venden gorras! ¡Cincuenta centavos cada gorra!

Pero esa mañana, a nadie le interesaba comprar gorras, ni siquiera una gorra roja.

Comenzó a sentir hambre pero no tenía dinero para almorzar.

«Daré un paseo por el campo» dijo, y se fue caminando despacio, con cuidado, para que no se le cayeran las gorras.

Caminó por largo rato hasta que llegó junto a un árbol grande.

«Me parece un buen sitio para descansar» pensó.

Lentamente, se sentó bajo el árbol y, con cuidado para que no se le cayeran las gorras, se recostó en el tronco.

Tanteó con la mano y se aseguró de que las gorras estuvieran bien colocadas: primero su gorra de cuadros, luego las grises, las marrones, las azules y encima de todas, las rojas.

Como todas estaban en su sitio, decidió dormir la siesta.

Se quedó dormido durante un largo rato.

Cuando despertó, se sintió descansado y reanimado.

Antes de levantarse, se tocó la cabeza para asegurarse de que las gorras estaban en su lugar.

¡Cuán grande fue su sorpresa al comprobar que sólo llevaba su gorra de cuadros!

Buscó a su derecha . . .
y nada.

Buscó a su izquierda . . .
y nada.

Buscó a sus espaldas . . .
y nada.

Buscó detrás del árbol . . .
y nada.

Finalmente, levantó la vista.

¿Y a qué no adivinas lo que vio?

En cada una de las ramas estaba sentado un mono, ¡y cada uno d

llos llevaba una gorra de diferente color: gris, marrón, azul o roja!

El vendedor se quedó mirando los monos.

Éstos, a su vez, lo miraban a él.

El vendedor no sabía qué hacer.

Finalmente, se dirigió a ellos.

—Oíganme bien, monos —les dijo, señalando con el dedo—. ¡Devuélvanme las gorras!

Pero los monos se limitaron a mover los dedos de un lado a otro a la vez que chillaban: —Shss Shss Shss.

Al ver la reacción de los monos, el vendedor
se enfureció y, apretando los puños con
fuerza, gritó:

—¡Escúchenme bien! ¡Devuélvanme las gorras
inmediatamente!

Pero los monos simplemente apretaron los
puños con fuerza y chillaron:

—Shss Shss Shss.

Esto provocó la furia del vendedor.

Comenzó a dar puntapiés con el pie derecho y
a gritar:

—¡Oíganme bien, monos! ¡Es mejor que me
devuelvan las gorras ahora mismo!

Pero los monos sencillamente comenzaron
a patear a la vez que chillaban:

—Shss Shss Shss.

Ahora sí que el vendedor estaba furioso.

Comenzó a dar puntapiés y a gritar:

—¡Dejen de hacer monerías y devuélvanme

las gorras, ahora mismo!

Por respuesta, los monos comenzaron

a patalear y a chillar:

—Shss Shss Shss.

Enfadado y vencido, se quitó la gorra,
la tiró al suelo y comenzó a alejarse.

En ese momento, los monos se quitaron las gorras . . .

y una a una fueron cayendo del árbol

todas las gorras grises,

todas las gorras marrones,

todas las gorras azules

y todas las gorras rojas.

Entonces, el vendedor se arrodilló, recogió las gorras y una a una se las colocó en la cabeza:

primero, su gorra de cuadros,

luego, las gorras grises,

después, las marrones,

a continuación, las azules,

y por último, y encima de todas,

las gorras rojas.

Y despacio, muy despacio, el vendedor se alejó, en dirección al pueblo, mientras pregonaba:

—¡Gorras! ¡Se venden gorras!
¡Cincuenta centavos cada gorra!